El zoológico con la jaula vacía

por
Steve Brezenoff

★

Ilustraciones de
C.B. Canga

Misterios de excursión está publicado por Stone Arch Books,
una imprinta de Capstone
1710 Roe Crest Drive
North Mankato, Minnesota 56003
www.capstonepub.com

Los datos de CIP (Catalogación previa a la ublicación, CIP)
de la Biblioteca del Congreso se encuentran disponibles en
el sitio web de la Biblioteca.
    ISBN 978-1-4965-8541-7 (library binding)
    ISBN 978-1-4965-8560-8 (ebook PDF)

Translated into the Spanish language by Aparicio Publishing

Printed in the United States of America.
PA70

Directora creativa:
    Heather Kindseth
Diseñadora gráfica:
    Carla Zetina-Yglesias

Resumen:

Edward G. Garrison, más conocido como Egg, está deseando
ir de excursión al zoológico con el club de ciencias.
Allí verán una exposición única de zorros isleños,
una especie en peligro de extinción. Pero cuando llega
el club, ¡descubren que alguien se ha robado los zorros!
¿Podrán encontrarlos Egg y sus amigos?

CONTENIDO

Edward G. Garrison

Conocido como: Egg

Fecha de nacimiento:

14 de mayo

POSICIÓN: 6° grado

Esto no puede estar bie
Confirmen, por favor.

INTERESES:

Fotografía, excursiones

ASOCIADOS CONOCIDOS:

Archer, Samantha; Duran, Catalina
y Shoo, James.

NOTAS:

La Srta. Stanwyck apoya la pasión de
por la fotografía, pero algunos
maestros protestan por el uso
frecuente del flash.

¿Está permitido tomar fotos en la escuela? Ter
que investigarlo.

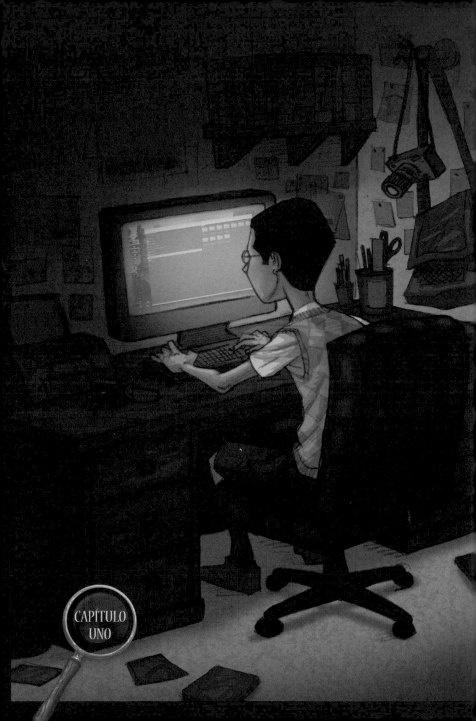

CAPÍTULO
UNO

Me llamo
Edward G. Garrison,
pero me puedes llamar Egg.

Sí, Egg, "huevo" en inglés, como los que se desayunan revueltos. Anton Gutman, el matón de nuestra clase, dice que me llaman Egg porque tengo los sesos revueltos, pero no es por eso. Son mis iniciales: E.G.G.

Por esa razón mis amigos me llaman Egg.

Gum, Sam y Cat son mis mejores amigos de sexto grado. Es como si siempre hubiéramos sido amigos. Pero nos conocimos este año en el club de ciencias.

Cat es la única de los cuatro a la que realmente le gustan las ciencias. Le apasionan los animales y la clase de ciencias es la única clase en la que aprendemos sobre animales.

Cat se apuntó al club de ciencias porque quería cuidar el jerbo de la clase, don Herbert.

A Sam, que viene de Samantha, le encantan las series de policías de la tele. Ya sabes, esas en las que los policías resuelven crímenes usando la ciencia. Así que se apuntó al club de ciencias porque quería aprender a tomar muestras de ADN o algo así. Dice que se llama ciencia forense.

El miembro del club de ciencias que no encaja para nada es Gum. Odia la clase de ciencias. De hecho, solo se apuntó al club porque lo obligó el Sr. Neff, el maestro de ciencias.

Gum estaba causando problemas el primer día del año en la clase de ciencias. Su castigo fue apuntarse al club de ciencias durante al menos un mes. Gum se hizo amigo nuestro y decidió quedarse.

¿Y por qué me apunté yo?
¡Por los créditos extra! Cada miembro
del club de ciencias recibe créditos
para las notas de ciencias de fin de año.

Los voy a necesitar. Siempre estoy
muy ocupado tomando fotos durante
las clases y, con frecuencia, no me entero
de lo que el Sr. Neff nos está enseñando.

Las ciencias no son mi asignatura
preferida. El arte sí. Me encanta
la fotografía.

Pero el club de ciencias no es solo
el lugar donde nos conocimos. También
es la escena de uno de los misterios más
grandes que hemos resuelto hasta ahora.
Es que mis amigos y yo resolvemos muchos
misterios. Casi todos ocurren cuando vamos
de excursión.

Este misterio tan grande comenzó
un miércoles. Ese es el día que se reúne
el club de ciencias.

Llegamos temprano, y nuestra nueva asesora del club, la Srta. Marlow todavía no había llegado. No la conocíamos bien. Acababa de empezar su trabajo la semana anterior.

—¿Qué les parece la Srta. Marlow? —preguntó Sam en voz baja.

Cat sonrió. —A mí me cae bien —dijo—. ¿Vieron la camiseta que llevaba la semana pasada?

Gum se rio. —¿La que tenía un panda? —dijo—. Sabía que te gustaría.

Cat asintió. —Por supuesto —asintió—. El panda es el logo de un grupo que se dedica a proteger a los animales, y a mí me encantan los animales.

Me levanté y tomé una foto de mis tres amigos en la mesa redonda. Todos sonrieron.

En ese momento, se abrió la puerta de la clase de ciencias. Nos volteamos esperando ver a la Srta. Marlow.

Pero a quien vimos fue a nuestro archienemigo: Anton Gutman.

CAPÍTULO DOS

UN NUEVO MIEMBRO

—¡Anton! —dijo Gum saltando
de su asiento—. ¿Qué haces aquí?

—Esta es la reunión del club de ciencias
—añadió Sam.

—Y todos sabemos que no te gustan
las ciencias —señaló Cat.

Anton sonrió. —Me gustan las ciencias
—dijo—. De hecho, me encantan.
Es mi asignatura favorita.

Anton tomó una silla y la acercó
a la mesa redonda. Le dio la vuelta
y se sentó con el respaldo entre las piernas.
—Bueno, pues. Vamos a hablar de planetas
o insectos o algo —dijo.

—Deja de hacerte el tonto —dijo Cat—.
La Srta. Marlow llegará en cualquier
momento.

—No me estoy haciendo el tonto —
insistió Anton—. Me apunté al club
de ciencias.

No nos lo podíamos creer. Anton
Gutman es un buscapleitos que siempre
causa problemas. ¿Por qué se iba
a apuntar al club de ciencias?

Antes de averiguar qué tramaba, llegó
la Srta. Marlow. —Hola, estudiantes —dijo.

—Hola, Srta. Marlow —contestó Cat—.
¿Dónde está don Herbert? Tengo que darle
de comer y de beber. Además hoy me toca
limpiar su jaula.

La Srta. Marlow miró a Cat. —¿Tú te encargas del jerbo? —preguntó—. No lo sabía. Lo llevé a mi casa para cuidarlo.

Cat bajó los hombros. —¿Se lo llevó a su casa? —preguntó.

La Srta. Marlow sonrió. —Sí, lo siento, Catalina —dijo—. Me rompía el corazón dejar a don Herbert solo en la escuela toda la noche.

Cat asintió, pero yo sabía que estaba triste.

—A partir de ahora, traeré a don Herbert todos los miércoles para el club de ciencias —añadió la Srta. Marlow rápidamente—. Así podrás verlo. Y a lo mejor algún fin de semana te lo puedes llevar a tu casa. ¿Te parece bien?

—Sí —contestó Cat—. Estaría muy bien.

—Hoy tengo dos noticias —dijo
la Srta. Marlow—. La primera es que
tenemos un nuevo miembro.

Anton se echó hacia atrás y se estiró.

—¿Conocen a Anton? —preguntó
la Srta. Marlow, frunciendo el ceño—.
Anton estará con nosotros cuatro semanas
porque tuvo problemas en la clase de
ciencias.

Anton se rio.

—Sabía que no estabas aquí porque
querías —dije inclinándome hacia Anton—.
¡Es un castigo!

Anton hizo una mueca.

—Espero que la siguiente noticia
te alegre el día, Catalina —siguió
la Srta. Marlow.

Catalina se enderezó.

—Como saben, el **club de ciencias** va de excursión todos los años —dijo la Srta. Marlow.

—Este año tenemos una sorpresa **especial.** ¡Vamos a ir al **zoológico!**

Cat gritó. —¡Sí! —dijo.

La Srta. Marlow sonrió y siguió
hablando: —Además, seremos los primeros
en ver una exposición especial. El zoológico
acaba de recibir dos zorros isleños.

Gum levantó la mano. —He oído
sobre ellos —dijo—. Están en peligro de...
¿extensión?

Cat se rio. —Extensión, no —dijo—. Eso
significaría que va a haber más. ¡Los zorros
isleños están en peligro de extinción!
—Buscó en su bolsa y tomó una revista.
Pasó las páginas—. Miren —dijo mostrando
una foto de dos animales—. Esos son zorros
isleños. ¿Verdad que son lindos?

La Srta. Marlow asintió. —Son muy
lindos —dijo—. Los que están
en el zoológico son salvajes y han sido
capturados recientemente.

Sam levantó la mano. —Yo pensaba que los zoológicos ayudaban a las especies en peligro. —dijo.

La Srta. Marlow asintió. —Sí —dijo—. Algunos zoológicos capturan animales para protegerlos y ayudarlos a que tengan crías.

Anton se acercó al hombro de Cat. —A mí me parecen perros feos con patas cortas —dijo.

—Aquí dice que los zorros isleños viven en California —dijo Cat—. Comen insectos, ratones, fruta y lagartijas. ¡Qué asco!

Anton se rio. —¡Este castigo no está nada mal! —dijo—. Voy a ir de excursión.

"Genial. La primera excursión del año y viene Anton", pensé.

Pero los problemas todavía no habían empezado.

LA JAULA EN LA CAMIONETA

Lo mejor empezó la semana siguiente.
El miércoles, cuando sonó la campana
de las tres, los miembros del club
de ciencias nos reunimos delante
de la escuela.

—¿Dónde está el autobús? —preguntó
Gum, mirando a su alrededor.

Me encogí de hombros. —Supongo que
todavía no habrá llegado —dije. Los cuatro
buscamos por la calle. No estaba.

Justo entonces, apareció una camioneta blanca y grande. La Srta. Marlow se bajó del asiento del conductor.

—Muy bien, chicos —dijo—. Vamos al zoológico.

Todos miramos a la Srta. Marlow. Yo tomé una foto de la camioneta.

—¿Vamos a ir en eso? —pregunté.

Gun me miró. —¿Normalmente no vamos a las excursiones en autobús? —susurró.

—Sí, normalmente sí —contesté.

La Srta. Marlow abrió la puerta deslizante de la camioneta. —Lo siento, chicos —dijo—. Sé que preferirían ir en un autobús caluroso e incómodo.

Nos hizo un gesto para que subiéramos. Después añadió: —Hoy disfrutarán del confort del aire acondicionado de mi camioneta de ocho pasajeros. ¡Suban!

Gum se adelantó corriendo. —¡Muy bien! —gritó, subiéndose—. ¡Guau, una tele!

El resto nos encogimos de hombros y lo seguimos. Era una camioneta de lujo.

—Como somos un grupo pequeño, el director pensó que sería buena idea ir en mi camioneta —explicó la Srta. Marlow.

Miré a mi alrededor. —¿Dónde está Anton? —pregunté.

Nos asomamos a la ventana. Anton bajaba las escaleras de la escuela corriendo. —¡Esperen! —gritó—. ¡Ya voy!

—Eres un caso, Gutman —dijo Sam cuando Anton entró en la camioneta. Sam ve muchas películas antiguas y a veces dice cosas raras.

—Lo que tú digas —contestó Anton.

—Srta. Marlow —dijo Cat—. ¿Para qué es la jaula que hay detrás?

Me giré en mi asiento. En la parte de atrás de la camioneta había una jaula grande de metal.

—Tengo un perro grande, Catalina —contestó la Srta. Marlow—. Lo llevo ahí cuando hacemos viajes largos.

—¿Encerrado en una jaula? —preguntó Cat—. ¡Pobrecito!

La Srta. Marlow rio nerviosamente. —Sí, ya sé —dijo—. A mí tampoco me gusta, pero si no lo meto ahí, pasa a la parte de delante e intenta sentarse encima de mí. Es muy peligroso.

El viaje con la Srta. Marlow fue fantástico. Vimos la tele, jugamos videojuegos y la pasamos genial. Se me pasó volando.

Antes de darnos cuenta, ya habíamos llegado al zoológico.

EL MONORRIEL

—¡Guau, miren eso! —dijo Cat cuando salimos de la camioneta. Señaló hacia el cielo por encima del zoológico.

Me giré para ver qué era. Inmediatamente tomé la cámara. Tenía que hacer una foto. Era como un tren del futuro, ¡que iba por encima del zoológico!

—Es genial, ¿verdad? —dijo la Srta. Marlow—. El zoológico se gastó millones en ese monorriel.

Gum se protegió los ojos con la mano para observar el monorriel. —Es genial —dijo.

Cat se rascó la cabeza. —¿Millones? —preguntó—. Eso es mucho dinero.

La Srta. Marlow asintió. Sí —dijo—. El zoológico se lo podía haber gastado en mejorar las condiciones de vida de algunos animales.

Miré a Cat. Por su expresión, sabía que lo que acababa de decir la Srta. Marlow le entristecía.

—¿Estás bien, Cat? —pregunté.

Cat asintió. —Sí —dijo—. Es que siempre pensaba que este zoológico cuidaba muy bien a los animales.

Quería decir algo, pero no estaba seguro de cómo conseguir que se sintiera mejor.

Justo entonces, apareció una mujer
con pantalones cortos y una camisa de color
caqui. Parecía recién salida de un safari.
Le tomé una foto.

—¡Hola, chicos! —dijo la mujer—.
¿Son los del club de ciencias?

Todos asentimos.

—En ese caso —continuó la guía—,
soy Shari, su guía. Y tengo una sorpresa
para ustedes.

Cat dio un paso hacia ella. —¿Los zorros isleños? —preguntó emocionada.

Shari se rio. —Pronto —contestó—. Pero antes vamos a hacer un recorrido del zoológico a toda velocidad.

—¿A toda velocidad? —pregunté—. ¿Teníamos que haber traído zapatos de correr?

Shari me sonrió. —Por supuesto que no —contestó—. ¡Veremos todo desde arriba, desde el nuevo monorriel!

—¡Bien! —dijo Anton—. Esa cosa es genial.

Gum asintió. —Por primera vez estamos de acuerdo contigo —dijo—. Va a ser increíble.

Por supuesto, yo también estaba de acuerdo. Imagínate las fotos que podría tomar desde ahí arriba. Pero cuando miré a Cat y a la Srta. Marlow, me di cuenta de que no todos pensaban lo mismo.

—Será divertido, Cat —dije mientras seguíamos a Shari hasta la entrada del monorriel.

Cat se encogió de hombros. —Supongo —contestó—. Pero no me gusta que el zoológico se haya gastado tanto dinero en eso cuando podía haber ayudado a los animales.

Pronto íbamos por encima del zoológico. Cat se sentó al lado de la Srta. Marlow. —Srta. Marlow —dijo—. Pensé que este zoológico trataba bien a los animales. ¿La mayoría de los animales tiene espacio para correr y jugar?

El monorriel pasó por encima de una gran extensión de pasto y colinas. Había un león amarillo tumbado en el pasto. Parecía relajado y contento. Por supuesto, tomé una foto.

De pronto, Gum se puso de pie y gritó: —¡Miren eso!

—Por favor, quédense sentados —dijo
Shari. Todos miramos por la ventana,
intentando ver lo que decía Gum.

Un grupo grande de personas desfilaba
alrededor de la entrada del zoológico.
Llevaban carteles y gritaban algo, pero no
podíamos oír lo que decían.

—¿Quiénes son? —preguntó.

—Son manifestantes —dijo
la Srta. Marlow—. Parecen de la asociación
de los Protectores de Animales, los PA.

—¿Usted los conoce, Srta. Marlow?
—preguntó Cat. Sonaba como si
quisiera unirse a su grupo.

—Sí —dijo la Srta. Marlow—. Cuando
estaba en la universidad, yo era la líder
del grupo local de los PA.

—¿Ya no lo es? —pregunté. Giré en mi asiento para tomar fotos de los manifestantes.

La Srta. Marlow negó con la cabeza. —No —dijo—. Dejé el grupo después de la universidad. Me quitaba demasiado tiempo.

—¿Por qué están protestando? —preguntó Sam.

El monorriel tomó una curva cerrada.
La Srta. Marlow señaló la zona
de los gorilas.

—Supongo que protestan por cosas como
esa jaula —dijo—. ¿Ven ese gorila grande?

Todos miramos. Había varios gorilas
reunidos en una pequeña colina cerca
de una laguna falsa. La colina estaba
completamente bordeada por una valla
grande y parecía una jaula.

En medio de la colina estaba el gorila
más grande. Tenía el pelo del lomo gris.
Los otros gorilas eran completamente
negros.

—Ese gorila grande es un espalda
plateada. Eso significa que es el más viejo
y el más fuerte. Es el líder.

—Es enorme —dijo Anton—. ¿Qué hace
ahí sentado? ¿No debería estar golpeándose
el pecho o algo así?

Cat hizo una mueca. —Los gorilas solo hacen eso si otro gorila los reta o si están en peligro —dijo—. A ese gorila no lo están retando.

—¡Efectivamente! —dijo Shari—. Veo que tenemos una amante de los animales.

Cat sonrió. —Me encantan los animales —dijo.

La Srta. Marlow frunció el ceño. —Ojalá el que construyó esa jaula amara a los animales —dijo en voz baja.

—¿Qué hay de malo con la jaula del gorila? —pregunté—. Parecen contentos y relajados.

La Srta. Marlow negó con la cabeza. —A mí me parece que están tristes y aburridos —dijo—. Mira el tamaño de esa jaula.

—¿Es demasiado pequeña? —preguntó Cat.

El monorriel empezó a bajar
de velocidad. Estaba llegando a la estación.

—Demasiado pequeña —contestó
la Srta. Marlow—. Un grupo de gorilas
salvajes vive en un territorio de veinticinco
millas cuadradas.

—Guau —dijo Gum—, eso es tan grande
como...

—Todo este zoológico —sugirió Cat.

—Más que eso —añadió Sam.

El monorriel se detuvo. Empezamos
a salir.

La Srta. Marlow y Shari nos llevaron
a la plataforma. —Nuestra ciudad tiene
unas veinticinco millas cuadradas —dijo
la Srta. Marlow.

Shari rio nerviosamente. —Bueno,
¡vamos a ver los zorros isleños! —dijo.

—¡Por fin! —dijo Cat. Sabía que estaba deseando verlos.

Claro que cuando mis amigos y yo vamos de excursión, nada sale como esperamos.

ED MARS

Seguimos a Shari y a la Srta. Marlow.
Cat, Sam y Gum me rodearon mientras
caminábamos. Yo estaba mirando las fotos
que había tomado desde el monorriel.

Había fotos de los gorilas y de algunos
leones. Además, tomé buenas fotos
de los manifestantes.

Sam me tomó de la mano. —Espera
un segundo, Egg —dijo—. Vuelve
a la última foto.

Apreté el botón de mi cámara.

—¡Esa! —dijo Sam—. ¿Quién es ese?

En la foto salía un señor mayor. Casi
del todo calvo, pero tenía una coleta
de cabello gris. Llevaba una camiseta roja
y sujetaba un cartel.

—No lo sé —dije—. Supongo que
es un manifestante.

Sam se frotó la barbilla. —He visto
su faz antes —dijo—. Faz significa cara
—añadió rápidamente.

Pensó durante un minuto. De pronto,
chascó los dedos. —Es Ed Mars —dijo—.
Es un famoso activista por los derechos
de los animales. Leí sobre él en una revista.

La Srta. Marlow se detuvo. —¿Ed Mars?
—dijo—. ¿Estaba en la manifestación?

Sam asintió. —Estoy segura de que
es él —dijo.

—Guau —dijo la Srta. Marlow—.
Es mi ídolo para algunas cosas. Ha hecho
mucho por los animales en los últimos
años.

Sam frunció el ceño. —¿No lo habían
arrestado hace poco? —preguntó—. Creo
que mi abuelo lo estaba viendo
en el noticiero de la semana pasada.

La Srta. Marlow levantó la mano. —Sí
—dijo—. Ed se metió en problemas
por entrar en un laboratorio y rescatar
unos monos.

Cat parecía preocupada al oír hablar
de los monos del laboratorio. Pero
en ese momento, Shari se detuvo.

—Oh, no —dijo Shari—. Algo no anda
bien.

Todos nos acercamos corriendo a Shari.
—¿Qué ocurre? —preguntó Sam.

Estábamos en la exposición de los zorros
isleños, pero no había otros visitantes. ¡Solo
había cuidadores del zoológico y policías!

Tomé unas fotos rápidamente.

Shari se acercó a un señor que llevaba
el uniforme caqui del zoológico. Estaba
hablando con la policía.

Cuando vio a Shari, el señor negó
con la cabeza. —Tenemos un problema,
Shari —dijo.

—¿Qué ha pasado? —preguntó nuestra
guía—. ¿Están bien los zorros?

El señor tomó aire. —Me temo que no
lo sé —dijo.

Shari parecía confundida. —¿Qué
quieres decir? —preguntó—. ¿No vamos
a abrir hoy la exposición? Estos estudiantes
son del club de ciencias de la escuela
intermedia. Han venido a ver los zorros.

El cuidador del zoológico suspiró. —Hoy
no los podrán ver —dijo—. ¡Alguien
se ha robado los zorros!

SOSPECHOSOS

La Srta. Marlow y Shari fueron a hablar con la policía. Nos pidieron que fuéramos al puesto de comida. Por el camino, Cat, Gum, Sam y yo nos tomamos una foto con una cabra. Después nos sentamos en una mesa de plástico blanca.

Pedimos unos helados. Gum se pegó el chicle en la punta de la nariz para metérselo de nuevo en la boca cuando terminara el helado.

Sam no tardó mucho en tener un sospechoso.

—Creo que ya sabemos quién raptó los zorros —dijo.

—¿Ah sí? —preguntó Cat—. Yo no tengo ni idea quién fue.

Gum asintió lentamente. —¡Por supuesto que sí! —dijo—. Es obvio.

Pensé durante un segundo. ¿Quién podría ser?

De pronto lo supe. —¡Ajá! —dije—. Seguro que ha sido Ed Mars.

Cat frunció el ceño. —No sé —dijo lentamente.

—¿Por qué no? —pregunté—. Sam dijo que lo habían arrestado por raptar unos monos.

Sam negó con la cabeza. —No, no —dijo—. No creo que fuera Ed Mars.

Me quedé sorprendido. —¿No? —pregunté—. Pero es el sospechoso perfecto.

—Yo sé quién fue —dijo Gum—. Estoy convencido.

Sam lo interrumpió. —Fue la Srta. Marlow —dijo.

Casi nos caímos todos al suelo.
—¿La Srta. Marlow? —gritó Cat—.
¿En serio?

Sam sonrió. —Estoy segura —dijo—. Está claro que odia este zoológico.

Eso era cierto. —¿Crees que se llevó los zorros isleños para liberarlos?
—pregunté.

Sam asintió. —Sí y además tenía una jaula grande en su camioneta —dijo.

Cat movió la cabeza. —Es para su perro —dijo—. ¡Nos lo contó!

—Una historia poco creíble —contestó Sam—. Yo no me la creo.

—Puede que fuera Ed Mars y puede
que fuera la Srta. Marlow, aunque lo dudo
—dijo Gum.

—¿Tú quién crees que fue? —pregunté.

—¿Quién falta en esta mesa? —contestó
Gum.

Cat, Sam y yo miramos a nuestro
alrededor. —Estamos todos —dijo Cat.

Pero no estábamos todos. —¡Anton!
—dije poniéndome de pie—. ¡Falta Anton
Gutman!

EL CAZADOR DE ZORROS

Gum terminó su helado y volvió
a mascar chicle. —Anton no está. Los zorros
no están —dijo—. Seguro que se los llevó
Anton.

—¿Pero para qué quiere Anton
los zorros? —pregunté—. Tanto Ed Mars
como la Srta. Marlow parece que tienen
motivos.

Gum negó con la cabeza. —Anton
Gutman nunca necesita un motivo —dijo.

Cat asintió. —Su motivo es ser
un pesado —dijo—. A Ed Mars y a la Srta.
Marlow les gustan los animales. No se
robarían los zorros.

Gum señaló a Cat. —Tiene razón
—dijo—. El zoológico estaba ayudando
a los zorros.

Nos quedamos pensando en silencio.
Pronto oímos unos adultos conversando.

—Escuchen —dijo Sam. A ella se le da
muy bien espiar.

Eché un vistazo. A unos metros
de nosotros había dos adultos hablando
fuerte.

Uno era una mujer. Llevaba el uniforme
del zoológico. El otro era un señor mayor.
Tenía un bigote grande y blanco y llevaba
un sombrero enorme de vaquero.

–Aunque les hayan robado
los zorros,
yo todavía tengo que cobrar
–dijo el señor.

—Lo entiendo —dijo la mujer—.
Le daremos su cheque.

—Por la cantidad completa —dijo
el señor. Tenía la cara roja de rabia—.
¡Cinco mil dólares por cada uno!

—Por favor, Sr. Moreno —dijo la mujer—.
No hace falta enojarse.

El señor respiró hondo. —Perdone que
haya gritado —dijo—, pero este es
mi trabajo. Yo atrapé esos zorros
con mis propias manos.

El Sr. Moreno se quitó el sombrero
y se secó la frente. —Siento que se hayan
robado los zorros en el zoológico
—añadió—, pero me deben pagar
por el trabajo que hice.

La mujer asintió. —Venga conmigo
a la oficina del contador —dijo—.
Le daremos su cheque inmediatamente.

Los dos adultos se dirigieron
a un edificio pequeño. En la puerta había
un cartel que decía "Solo empleados".

—¿Escucharon eso? —susurró Sam—. Era
el cazador que atrapó los zorros isleños.

—¿Oyeron cuánto le pagaron
por hacerlo? —añadió Gum—. Cinco mil
dólares por cada zorro. Creo que me haré
cazador de animales.

—Está claro que quiere su cheque —dijo
Sam.

Yo me encogí de hombros. —Bueno,
como él dijo, es su trabajo — respondí.

Sam me miró. —Sí —dijo—. Vamos a ver
qué están haciendo la Srta. Marlow y Shari.

Nos levantamos para regresar
a la exposición de los zorros.

Justo entonces, vimos al detective Jones
que pasaba corriendo. Lo conocíamos
de los misterios que habíamos resuelto
en otras excursiones.

—¡Hola, detective Jones! —exclamé.

Se detuvo y miró hacia atrás. —Ah,
hola —dijo, saludando con la mano—.
Mis jóvenes detectives. ¿Están intentando
encontrar los zorros desaparecidos?

—Así es, detective —contesté.

El detective asintió. —Buena suerte
—dijo—. Quien resuelva este caso recibirá
una gran recompensa. El zoológico
está ofreciendo diez mil dólares
a quien los traiga de vuelta.

—¡Guau! —dijo Cat.

El detective miró su reloj. —Bueno,
chicos —dijo—, será mejor que me vaya.
Tengo que arrestar a alguien.

ESPIAR MÁS

El detective Jones se alejó.

Mis amigos y yo nos miramos y después salimos corriendo detrás del detective.

"¿Un arresto? ¿Tan pronto?", pensé.

—¿A quién va a arrestar? —preguntó Cat.

Sam se encogió de hombros mientras seguía corriendo. —Supongo que pronto lo averiguaremos —dijo.

El detective Jones se detuvo
en la exposición de los zorros. Shari
y la Srta. Marlow seguían allí.

—¿Dónde está Ed Mars? —preguntó
el detective—. He oído que merodea por aquí.

Shari y la Srta. Marlow se miraron. —Ed
Mars estaba en la entrada antes —contestó
Shari—. Él y su organización estaban
manifestándose otra vez.

—Manifestándose, ¿eh? —dijo
el detective—. ¿Por qué? ¿Tiene algo que ver
con los zorros?

—No, no son los zorros —contestó
la Srta. Marlow—. Los Protectores
de Animales protestaban por el espacio
tan pequeño que tienen los gorilas.

Shari frunció el ceño. —Es cierto —dijo—.
La zona de los gorilas es demasiado pequeña.
A los PA les gusta recordárnoslo.

—Hmm —dijo el detective—. ¿Y hoy nadie vio a Mars cerca de la exposición de los zorros?

—Que yo sepa, no —contestó Shari.

Justo entonces, oímos unas risas cerca.
Jalé a Gum de la camiseta y me volteé
hacia el sonido de las risas.

Anton intentaba pasar cerca, escondido
detrás de unos arbustos.

—Vamos a seguirlo —dijo Gum.

Gum y yo seguimos a Anton
sigilosamente. Sam y Cat vinieron detrás.

Entonces Gum pisó una botella vacía
de agua. Hizo mucho ruido, y Anton se dio
la vuelta y nos vio. Salió disparado.

—¡Atrápenlo! —gritó Cat.

Perseguimos a Anton por los caminos
sinuosos del zoológico. Pasó por delante
del puesto de comida y del edificio
de los empleados.

Nos estábamos acercando cuando giró una esquina después de pasar por delante de la casa de los reptiles.

—Por ahí —dijo Sam, señalando.

Giramos la esquina tan rápido como pudimos. Ya no podíamos ver a Anton, pero casi chocamos con el Sr. Moreno, ¡el cazador de animales!

CAPÍTULO NUEVE

RATÓN MASCOTA

El Sr. Moreno estaba de espaldas
y no nos vio.

—¡Miren! —susurró Sam.

—¡Es el cazador! —susurró Gum—.
No está solo.

Nos escondimos rápidamente detrás
de un arbusto para observar al cazador
y al otro señor. El cazador tenía su cheque.
—Diez mil pavos —dijo.

—¿Cuándo me darás mi parte? —dijo
el otro señor—. No olvides que soy
tu ayudante y me corresponde el veinte
por ciento.

—Lo sé, Toro, lo sé —dijo el cazador—.
En cuanto cobre el cheque recibirás
tu dinero.

—Más te vale —dijo el ayudante. Metió
la mano en el bolsillo de su chaqueta
y la sacó inmediatamente.

—¡Ay! —gritó Toro—. ¡Estúpido ratón!
¡Me mordió!

Volvió a meter la mano en el bolsillo
y tomó un ratón.

Cat casi grita. Sam tuvo que taparle
la boca para que no nos descubrieran.

—¡Me encantan los ratones! —susurró
Cat.

—Shh —dijo Gum.

—¿Qué haces con ese ratón
en el bolsillo? —le preguntó el Sr. Moreno
a Toro.

Usé el zoom de mi cámara para tomar
una foto. Era un ratón marrón normal
y corriente. Parecía que intentaba escapar.

Toro lo volvió a guardar en el bolsillo
rápidamente. —¿Este ratón? —dijo—.
Es mi mascota.

—¿Un ratón de mascota? —preguntó
el Sr. Moreno—. Nunca te había oído
mencionarlo.

—Sí —contestó rápidamente Toro—.
Se llama… Bigotes.

—¡Qué nombre más lindo! — susurró
Cat.

—Vamos al banco a cobrar este cheque
—dijo el Sr. Moreno—. Ya jugarás
con el ratón más tarde.

—Ahora voy —dijo Toro—. Antes tengo
cosas que hacer.

—Está bien —contestó el cazador—. Nos
vemos en mi camioneta en cinco minutos.

Los dos hombres se estrecharon
la mano. Después se alejaron
en direcciones opuestas.

—Ese ayudante es muy raro —dijo
Gum—. No me fío de él. Además, ¿quién
lleva un ratón mascota en el bolsillo?
Eso es rarísimo.

—Estoy de acuerdo —dije.

Cat se encogió de hombros. —No sé —dijo—. Si yo tuviera un ratón de mascota, lo llevaría en el bolsillo.

Sam negó con la cabeza. —Eres un caso, Cat —dijo—. Un verdadero caso.

Salimos de nuestro escondite detrás del arbusto. Pero de pronto todos nos caímos al suelo. ¡Anton chocó con nosotros!

—¡Ajá! —dijo Sam—. ¡Te atrapamos!

¿QUÉ ZORROS?

Estábamos todos apilados en el suelo.
Anton se levantó primero y se sacudió
la tierra de los pantalones.

—Lo que tú digas —dijo—, pero
no hacía falta tumbarnos a todos al suelo.

En ese momento vi que Anton no estaba
solo. Estaba con sus dos horribles amigos.

—¿Qué hacen ellos aquí? —pregunté mientras me ponía de pie y comprobaba que mi cámara no se había roto.

—Les dije que se reunieran conmigo —dijo Anton—. No me importa ir al zoológico, pero prefiero estar con mis amigos que con los tontos de ustedes.

—¿Entonces no te robaste tú los zorros? —preguntó Gum.

—¿Los zorros? —dijo Anton—. ¿Qué zorros?

Sam hizo una mueca. —¡Los zorros isleños! —dijo—. Ya sabes, la razón por la que vinimos aquí.

—Ah, sí —contestó Anton subiendo los hombros—. Esos zorros. ¿Qué pasa con ellos?

—Se los robaron —contestó Cat—. ¿Dónde te habías metido?

—Estábamos mirando las serpientes
—dijo Anton—. Y ahora vamos a comprar
helados. Así que déjennos tranquilos.

Después de eso, él y sus secuaces
se alejaron riéndose.

—Supongo que él no se robó los zorros
—dije.

—¿Y ahora dónde estamos? —preguntó
Gum.

Sam suspiró. —Desde luego, no estamos
cerca de encontrar los zorros —dijo.

ESPIAR MÁS

Los cuatro regresamos lentamente a la camioneta de la Srta. Marlow. Había llegado la hora de volver a la escuela.

—No me lo puedo creer —dije.

—Esta vez estaba convencido de que había sido Anton —dijo Gum muy triste.

—Tú siempre piensas que es Anton —señaló Sam.

—Es cierto —admitió Gum.

—Como no estaba, yo también pensé que había sido Anton —dijo Cat.

Mientras caminábamos, eché un vistazo a las fotos que había tomado en el zoológico. Vi las fotos del Sr. Moreno y de su ayudante, Toro.

De pronto, me detuve.

—Ya sé quién se robó los zorros —dije.

—¿Sospechas de Ed Mars? —preguntó Sam.

Negué con la cabeza. —No —dije.

—¡Fue la Srta. Marlow! —dijo Gum—. La jaula vacía de su camioneta es una prueba. ¡Seguro que los zorros están ahí ahora!

Ya habíamos llegado a la camioneta. Corrí y abrí la puerta de atrás. La jaula seguía ahí, pero estaba vacía.

Gum se rascó la cabeza. —Pues supongo que no —dijo.

Sonreí. —Ya sabía que la jaula estaba vacía —dije.

La Srta. Marlow se estaba despidiendo de nuestra guía, Shari, y del detective Jones. —Gracias por mostrarnos el lugar, Shari —dijo—. Y, detective, espero que encuentre pronto al criminal.

—¿Srta. Marlow? —dije acercándome a ellos.

—¿Sí, Edward? —contestó la Srta. Marlow—. ¿Qué ocurre? Debemos volver a la escuela.

—Antes tenemos que encontrar al Sr. Moreno, el cazador —dije.

—¿El Sr. Moreno? —preguntó Sam—. ¿Se robó él los zorros?

Negué con la cabeza.

No, pero
nos ayudará
a encontrar a quien lo hizo.

Shari y la Srta. Marlow miraron
al detective Jones. —A estos chicos
se les da muy bien resolver misterios
—dijo el detective Jones—. Deberíamos
escucharlos. ¿Sabe dónde podemos
encontrar al Sr. Moreno?

—El Sr. Moreno deja su camioneta
en el estacionamiento de los empleados
—dijo Shari—. Por aquí.

Seguimos a Shari. Nos llevó a la parte
de atrás del zoológico. Cuando llegamos
al estacionamiento, una camioneta grande
y anaranjada estaba saliendo.

—¡Sr. Moreno! —gritó Shari—. ¡Espere,
por favor!

—¿Ahora qué quiere? —contestó
el Sr. Moreno deteniendo la camioneta—.
No me diga que quiere que le devuelva
el dinero.

—Por supuesto que no —contestó Shari.

—¿Dónde está su ayudante, Sr. Moreno?
—pregunté.

—¿Toro? —contestó el Sr. Moreno—.
Está en la parte de atrás de la camioneta.
Vamos al banco a cobrar el cheque.

Mis amigos y yo corrimos a la parte
de atrás de la camioneta y abrimos
la puerta.

—¿Qué ocurre? —preguntó
el Sr. Moreno. Salió de la camioneta
de un salto.

La puerta se abrió con un gran chirrido.
Allí, agazapado, estaba Toro. Al lado
de Toro había una caja de metal
con agujeros.

—¿Qué quieren? —preguntó Toro. Tenía
un ratón en la mano.

—¿Qué está haciendo con ese ratón?
—preguntó Cat enojada.

—Seguro que estaba a punto de meterlo en esa caja —dije.

Shari me miró y después observó el ratón. —Ajá —dijo—. Eso no es solo un ratón. Es la cena.

—¿La cena? —dijo el Sr. Moreno—. Un momento, Toro, me dijiste que el ratón era tu mascota, Bigotes.

—¿Qué animales comen ratones? —pregunté.

—Los zorros isleños —contestó el detective Jones. Se acercó y abrió la caja.

Dentro había dos pequeños zorros. Estaban acurrucados uno junto al otro en la parte de atrás de la caja.

El detective James agarró a Toro por el brazo y lo quitó de la camioneta. —Está arrestado —dijo.

—No lo entiendo, Toro —dijo
el Sr. Moreno—. ¿Por qué te robaste
los zorros que me ayudaste a cazar?

—¿Es que no es obvio? —contestó Toro—.
Lo hice por dinero.

—Pero le iban a pagar por cazar
los zorros —señaló Cat.

—No lo suficiente —dije—, ¿verdad?

Toro lanzó una sonrisa burlona. —Yo
hago todo el trabajo cuando cazamos
—dijo— y apenas gano dinero.

—Pero si hubiera devuelto los zorros
robados, le habrían dado la recompensa
de $10.000 —añadí.

—Era el plan perfecto —dijo Toro—,
hasta que ustedes, niños, me lo arruinaron.

El detective James llevó a Toro
a un auto de policía que había cerca
y cerró la puerta.

—Muy bien, Shari —dijo el detective—, ya tiene los zorros de vuelta.

—Gracias al club de ciencias —contestó Shari.

—Voy a llevar a este criminal a la comisaría y lo arrestaré por rapto —dijo el detective.

—¡No olvide el intento de asesinato del ratón! —añadió Cat riéndose.

Justo entonces, apareció Anton. —Aquí estaban —dijo—. Llevo horas esperándolos en la camioneta de la Srta. Marlow.

—Anton —dijo la Srta. Marlow—, tus amigos atraparon al ladrón de los zorros.

Anton nos miró a los cuatro. —¿Qué zorros? —preguntó—. Y, además, esos tontos no son mis amigos.

—¿Qué van a hacer con el dinero
de la recompensa? —me preguntó Shari.

Miré a mis amigos. —Creo que lo
donaremos al zoológico —contesté—,
para que amplíen la zona de los gorilas.

Cat sonrió. Después regresamos
a la camioneta de la Srta. Marlow.

La excursión había terminado.
Otro misterio resuelto.

noticias literarias · Martes, 14 de abril, 20

¡ESCRITOR MISTERIOSO REVELADO!

► SAINT PAUL, MN

Steve Brezenoff vive en St. Paul, Minnesota, con su esposa, Beth, su hijo, Sam, y su oloroso perrito, Harry. Además de escribir libros, le gustan los videojuegos, montar en bicicleta y ayudar a los niños de la escuela intermedia a mejorar sus destrezas de escritura. A Steve le suelen venir casi todas las ideas cuando sueña, así que escribe mejor en pijama.

arte y entretenimiento

ARTISTA DE CALIFORNIA AYUDA A RESOLVER MISTERIO —DICE LA POLICÍA

Hace mucho tiempo, los padres de C. B. Canga descubrieron que un papel y unos crayones hacían maravillas para domar a un dragón intranquilo. Ya no hubo marcha atrás. En 2002, recibió su maestría en ilustración de la Academia de Arte de la Universidad de San Francisco. Trabaja en la Academia de Arte como instructor de dibujo. Vive en California con su esposa, Robyn, y sus tres hijos.

Diccionario de detectives

archienemigo/a—persona con la que más te peleas

arrestar—detener a alguien por el poder que da la ley

asesor/a—alguien que lidera y ayuda a un grupo

ayudante—alguien cuyo trabajo es asistir a otra persona

ídolo/a—persona adorada y admirada por otra

jerbo—mamífero roedor del tamaño de una rata

manifestante—alguien que protesta o se opone públicamente a algo

motivo—razón para cometer un crimen

organización—un grupo

sospechoso/a—alguien que podría ser el o la responsable de un crimen

Egg Garrison

Clase de ciencias del Sr. Neff

23 de octubre

(A)

Animales robados

Fuimos al zoológico de River City donde se robaron unos zorros isleños. Seguramente fue el primer robo de zorros isleños de la historia, pero no los primeros animales robados de un zoológico. De hecho, se han robado muchos animales exóticos de los zoológicos.

La gente se roba animales de los zoológicos por varias razones. A lo mejor los quieren vender, si son poco comunes. Pueden querer vender su pelaje o los huesos para ganar dinero. A veces se los roban para protestar por algo.

En 2004, en un zoológico de Devon, en Inglaterra, robaron dos veces en dos meses. En el primer robo, se llevaron cinco monos araña. En el segundo robo, se llevaron diez monos, incluyendo una cría y sus padres. Los cuidadores del zoológico sospechaban que los ladrones iban a vende los animales en Europa.

En 2006, en otro zoológico de Devon, se robaron unas crías de mono. Esos monos tenían el tamaño de un pulgar humano. Cuando crecen solo miden 7 pulgadas de alto.

En 2008, el zoológico de San Pablo, en Brasil, reportó el robo de siete caimanes albinos, poco comunes. Cada caimán estaba valorado en unos diez mil dólares. Los cuidadores del zoológico estaban convencidos de que los ladrones los iban a vender porque valían mucho. Estaban muy preocupados por los animales. Como los caimanes tenían un color tan claro, la luz directa del sol les hacía daño.

Desde hace mucho tiempo se cometen robos de animales, pero la gente no debería robarse animales de los zoológicos.

Buen trabajo, Egg. Creo que sería genial tener un mono del tamaño de un pulgar, ¡pero no pienso robarme ninguno! — Sr. N.

MÁS INVESTIGACIONES

CASO #MDE03EG

1. En este libro, la Srta. Marlow llevó al club de ciencias de excursión al zoológico. ¿A qué lugares has ido de excursión? Si pudieras ir a cualquier sitio, ¿a dónde irías?

2. ¿Por qué se robó Toro los zorros isleños? ¿Qué podía haber hecho en lugar de robárselos?

3. Gum, Cat, Sam y yo hicimos una lista de sospechosos cuando intentábamos resolver el misterio. Piensa en un misterio en tu escuela o en casa. Con un grupo de amigos, hagan una lista de sospechosos. Después, ¡resuelvan el misterio!

EN TU CUADERNO DE DETECTIVE...

1. Me fascina la fotografía. Elige tu afición favorita y escribe sobre ella. No olvides explicar por qué es tu afición favorita.

2. Yo hago muchas cosas con mis mejores amigos. Escribe sobre tu mejor amigo o amiga. ¿Qué les gusta hacer juntos o juntas?

3. Este libro es una historia de misterio. ¡Escribe tu propia historia de misterio!